이신경 시집

물빛 꿰매기

이 도서의 국립중앙도서관 출판예정도서목록(CIP)은 서지정보유통지원시스템 홈페이지(http://seoji.nl.go.kr)와 국가자료종합목록 구축시스템(http://kolis-net.nl.go.kr)에서 이용하실 수 있습니다.
(CIP제어번호 : CIP2020010582)

이신경 시집

물빛 꿰매기

한누리미디어

| 시인의 말 |

그대의 손목 부여잡고, 둘이 함께 늙어가자 했네.

임과 함께 늙어지리라, 쪽 찌고 비녀 꽂아 구슬 드리웠으니 죽어서도 한 곳에 묻히리이다.

시는 소금이라 하셨지요. 당신의 말씀 옳은 것 같습니다.

소금을 대하면 파도소리가 들려요. 햇볕과 바람과 인고의 땀으로 몸을 말린 바닷물의 뼈, 시는 꼭 소금을 닮았어요.

시를 쓰는 일은 천리를 가다 모이 한 알 쪼고 물 한 모금 마시는 힘들고 고단한 일이지만 영혼이 살 수 있는 집을 짓는 일이라 행복합니다. 그동안 써 모았던 시들을 질그릇에 담아 식탁에 올려 놓습니다. 세상의 소금이 되었으면 합니다.

머리말을 쓰면서 시조 시인이셨던 永자 恂자 우헌愚軒 이영순 아버지, 날갯죽지에 품고 시를 읊으셨을 당신을 생각하니 눈물이 납니다. 이 시집을 아버님께 올립니다.

그동안 가르침을 주신 정성수 교수님과 이혜선 교수님께 감사 인사 드립니다.

2019년 12월

강원도 우천면 정금리 샘골에서 **이 신 경**

차례

제 1 부
저 너머 바람

제 2 부
물빛 꿰매기

Contents

제 3 부
조그만 하늘 속에

제 4 부
빈 집에 보내는 가을편지

차례

제 5 부
말발두리

제 6 부
벌목

Contents

제 7 부
찔레꽃 바람

제 8 부
몸짓

차례

제 9 부
반시

제 I 부

저 너머 바람

할머니 가을/ 고개 너머 외딴집
요양원/ 저 너머 바람/ 가을의 전령사
가을 빛으로 물들다/ 그림 한 장 그린다
낙타의 모정/ 내 마음 월이 같아라
비탈에 선 나무/ 불면의 밤

할머니 가을

꼬부라진 잔등 위에 엷은 햇살
세월이 지나간 자리
엊그제 성하던 몸뚱아리
숭숭 뚫린 구멍들

조금씩 빠르게 허물어진 툇마루 어둠

지나온 긴 그림자
숱한 봄날들이 아련히 스쳐간다

몸이 조강해야
저승 가는 길이 가볍다는데

침은 말라 가고
잎 털어내는 가지 사이로
구름 떠간다

고개 너머 외딴집

산모퉁이 외딴집에
작은 가을이 찾아왔다

산벚나무 이파리 연못에 맴돌고
언덕 너머 빨간 우체통은
배달부 자전거만 기다리는데
햇살 한줌 뿌려 놓은 멍석에는
구름이 그림자를 그린다

영근 조롱박이 초가지붕 위에 앉아 폼을 잡고
삶의 때가 반질반질 빛난 장독대
댓돌 위 가지런한 고무신 한 켤레
전혀 외롭지 않는

울도 담도 대문도 없는 우리집

별들이 내려와 정담을 나누고 있다
불 켜지 않아도 마음이 편안한
고개 너머 외딴집

요양원

하얗게 빛바랜 기억 속에
흐려진 초점

가물가물 해 기억 더듬어 보지만
눈앞에 두고도 희미해졌다
헝클어진 실타래는 제 갈 곳을 잃어 버렸다

햇살마저 안쓰러워
창 너머 세월은 정지해 있고
치매 어머니를 바라보고 있는
자식들 말이 없다

주위에서 지켜보는 환우 가족
외면당한 그 시선

이제는 긴 겨울잠을 준비하고 있는 환우들

누가 이승이 좋다 했는가
차라리 이 세상 오지 말 것을
소리 없는 푸념 외롭다

저 너머 바람

늦가을 텅 빈 들판
달리는 말의 갈기

가을걷이 끝낸 빈 들녘
그 너머엔 수척해진
메마른 바람이 산다

들에는 모든 세월 몰고 간
옛님의 자취 선하고

홀로 서 있는 허허로운 벌판
나는
허수아비 춤을 춘다

메마른 바람이 되어

가을의 전령사

깊어가는 밤
그대 떠난 빈자리

너는 왜 밤마다
나의 가슴을 저미게 하는가

너의 청아한 노래

달이 밝으면
그 애잔한 울음소리
가슴을 파고 든다

허공에 영혼을
토해 내고 남긴 껍데기

텅 빈 가을
너는
나와 함께 깊어 간다

가을 빛으로 물들다

내 마음 별을 꺼내
가을 산에 수놓는다

무심코
가을 빛 물든 길을 걷는다
영혼이 자유로워진다

발아래 떨어진 단풍잎 하나
붉게 타오르는 그리움

단풍잎에 썼던 사연
한 잎 한 잎 떨어지고
아직 저물지 않는 추억

아무도 모르게 가슴 속에
묻어 놓고
너와 내가 고운 빛깔로
소리 없이 멀어져 가자꾸나

그림 한 장 그린다

안개 내려와
그림 한 장 그려 놓았다
그림 속에 갇힌 호수

가슴 속에 숨었던 낮달
내 젖은 화선지에 내려와
물감을 풀어 준다

노을에 물든 산 그림자
저토록 아름다운 건
호수를 사랑하기 때문일 거야

어둠이 내리자
그림자는 사라지고
호수는 총총히 별을 안는다

나도 별들과
사랑을 나누어야지
호수에 내 영혼을 묻는다

낙타의 모정

낙타는 왜 사막을 못 떠나는가

큰 육봉 안에
파란 꿈을 숨기고
세상이 초원으로 바뀔 때까지

희망의 끈을 놓지 않고 있기 때문일 거야

모래 바람과 싸우며
사막에 생명의 씨앗 묻고 있는
어미 낙타가
슬프게 울고 있다

마두금을 울리며
길 잃은 어린 새끼를 찾고 있는

낙타의 모정은
사막의 희망

내 마음 월이 같아라

밀정 지도
몰래 꺼내
붓을 잡은 떨린 손

월이는
그 붓 끝에
민족의 혼을 찍어
물길을 만들어 놓았다

그 길이 훗날
개들에게는 피바다였다

무학리
꼽추집 기녀
월이의 우국지심

우리가 누군가
내 마음 월이 같아라

비탈에 선 나무

산비탈에 나무 한 그루 서 있다

황혼이 내려앉은 들녘에
길게 늘어진 그림자가 나를 따라다닌다

혹시나 가슴 뛰는 일이 있을까
두리번 두리번 해 보지만
얄미운 주름살만 거미줄을 친다

석양을 바라본다

남은 시간이
짧다는 걸 알기에
감사의 기도를 드린다

바람에 쓰러지지 않고
지금까지 잘 견디어 온

비탈에 선 나무

불면의 밤

낮에는 숨죽이고 있었던 일들
어둠 속에 옷을 벗고 있다

눈은 밤중에도 오히려
대낮처럼 환하다

묵은 책들이 눈을 뜨고 바라본다
무슨 생각이 이 밤을 동그랗게 앉아
등불을 지키는 것일까

베개 속 메밀껍질 바스락 소리
잠속에서도 잠들지 못하는 잠
두 눈이 말똥말똥
백지 속으로 달아나고 있다

부스럭 부스럭 돌아누우며
나를 부르는 낙엽 소리

제2부

물빛 꿰매기

옥시기 이야기/ 마음
잡초/ 사춘기/ 독도/ 더 푸른 세상을 향해
어디 한 번 크게 웃어보자/ 찔레의 꿈
반기는 고향길/ 5월/ 물고기 궁전
물빛 꿰매기

옥시기 이야기

먹구름 몰려오는 여름날
화전밭에 모여드는
수많은 이야기들

초가집 처마에 매달아 놓은
옥시기 씨 심은 지 엊그제인데
언제 자라서 애들을 업고 안고 있다

가난했던 살림살이
배고파 칭얼대는 어린것들
화전밭에 풀어 놓고 김맬 때

따가운 햇살 아래
오동통한 몸에 긴 수염 늘어뜨리고
개꼬리 내민 너를 보면
할아버지 품에 안기듯
왜 그렇게 반가웠는지

아낙네 치마폭에 감싸인
알갱이 하나하나에 달린
이야기 맵고 짜다

함지박에 옥시기 한 자루 풀어놓고
꾸벅 꾸벅 졸고 계신 우리 할머니
지금도 가끔 꿈속에서 뵙는 것을

마음

햇살을 담고
바람과 구름을 담아내도
아직도 다 채우지 못하는
빈자리

무엇으로 가득 채울까

내 웃음 반쪽
네 웃음 반쪽
우리가 살아온 이야기로
가득 채우면 어떨까

망설이다가

언덕 위에 등대 서 있는
그림 한 장 그리고
시를 써 넣기로 했다

망망대해를 향한
등댓불 하나

잡초

흙냄새라도 맡으면
악착같이 움켜잡고
뿌리를 내리고 기둥을 세운다

기다리던 소나기
한 줄금 쏟아져 내리면
엉덩이를 땅에 깔고 앉는다

밟히고 잘리어도
끈질기게 살아남는 것은
나를 필요로 하는
누군가가 있기 때문이다

지구가 나를 사랑하는 까닭이다

사춘기

뒤란 우물가
앵두나무 빨간 입술
아침 이슬에 반짝반짝 빛난다

며칠 전 푸른 애기가
어느새 커서
입술 화장을 했구나

어린 가지 휘어잡고
한 알 두 알 따 모아
한 주먹 털어 넣으면
새콤달콤한 그 맛

붉게 물든
혓바닥 마주보며 깔 깔 깔
가슴 안팎에 사랑 물들이던 그날
손녀는 홀로 홍조를 띤다

독도

독도는 검은 돌산
너울꽃 두 송이
천지를 아우르는 대한의 등대

호랑이 해맞이한다

동해를 지키는 검은 돌의 포효
그 전부는 백의(白衣)의 기상

한 폭의 산수화는
9천년 민족의 역사

독도는 조국을 수호하는
백두 호랑이의 두 눈

더 푸른 세상을 향해

희망을 기어오르는 덩굴
정상을 향한 열정
시멘트벽을 타고 오르는 담장이 손

너는 깎아 세운 암벽을
기어오르는 크라이머

독심으로
모든 풍상 이겨 내고
하나 둘 모여 손에 손 잡고
정상을 향해 기어오르는 것은

나의 삶이 그랬었다

더 파란 세상을 향해서 기어오르자

어디 한 번 크게 웃어보자

모판에서
봄을 키운 모종들
고이 키워 시집보내고 나니
마음 한 구석이 허전하다

고추 당초 시집살이
견디어내야 할 텐데
빈 밭에 부는 바람
초록 점들 보일 듯 말 듯

쑥쑥 자라거라
건강하게 커야 한다
열심히 살다 보면
푸른 밭 이룰 거야

튼실하게 열매 맺어
풍요를 전해 다오

어디 한 번 크게 웃어보자

찔레의 꿈

개구리도 잠든 정문골의 밤
새벽을 깨우는 빛의 소리
조용히 찾아와 창을 두드린다

파란 숲 꿈속에서
새소리가 창을 두드린다

하얀 찔레꽃이 기지개 켠다

변하고 싶다
변해야 한다

오늘 이 산골 벗어나서
시장거리에 나서고 싶다

이 적막
이 고독 벗어나서
세상 구경하고 싶다

더불어 꽃피고 싶다

반기는 고향길

포근한 어머니 가슴
산과 바다가 그곳에 있다

빛바랜 세월 앞에도
사립문은 열려 있다

땅거미 짙은 들녘 건너
흙냄새 배어 있는 어머니

삼베적삼에
허리끈 질끈 동여매고
달려올 것만 같은 발소리

나는 낯선 곳을 헤매는 이방인
날 저문 돌담길 돌아서니
반기는 고향길
사립문은 아직도 열려 있다

5월

연두를 찍어 그리는 산사
염화미소 중생을 깨운다

연등을 달자
너와 나를 위해
무명의 바다를 밝히자

가자
먹구름 헤치고
저편 피안으로

지혜를 내게 주는
마음의 꽃
등불 하나 달자

물고기 궁전

작은 공간을
탓하지 않는다

나만의 자유가 있다

단 한 번이라도
어항 속에서 살고 있다고
생각해 본 적이 없다

나는 우주를 유영하는
별

물빛 꿰매기

소슬한 찬바람이
산 그림자 밀고 내려와
호수 위에 치마끈을 풀고 있습니다

물안개,
물안개는 흩어지고
서녘의 햇살 물결에 부서져
비단길을 만들고 있습니다

무명치마 둘러 입고
화전밭 일구시던 우리 어머니
그 매운 삶 어찌 잊고 저 길을 걸어가셨을까

스멀스멀 피어오릅니다

부모 은공
못다 한 불효여식

호숫가에 앉아
회심가를 놓습니다

한 땀 한 땀 치마폭에
그리운 당신의 모습
물빛으로 꿰매고 있습니다

제 3 부
조그만 하늘 속에

춤으로 전하는 봄

고개 넘어오는 아가씨
환한 미소 반갑다

살며시 끼어든 봄볕 한 줌

왈츠에 맞춰
경쾌하게 춤추는 새싹들

일렁이는 생명의 물결

컴컴한 신발장 속 분홍 구두도

나들이 준비에 설렌다

산당화 피는 밤에

마음 속 고인 향기
얄미운 당신
다시는 보지 않는다 해 놓고

달구경 핑계로
지레 마중 나가선 고갯마루
그리움 들고 서 있는 밤

산당화는
누구의 꽃이기에
이리 붉은가

소나무 사이로
서성이는 그림자

밤은 깊어 가는데

바퀴

생각은
구르는 바퀴

도로가 없어도 구르는 바퀴

자동차가 날고
비행기가 가고
배가 달려가는 것은

모든 생각이
바퀴이기 때문이다

봄을 세운다

잔설 걷어낸 햇살
겨울잠에서 깨어난 아기

모자 비스듬히 쓰고
노랗게 일어서는 모습 귀엽다

첫 걸음마 하던 날
엄마 치맛자락 붙들고 용을 쓴다

돌담에 놀고 있는 햇살
손뼉 치며 응원한다

어서 일어서라

걸음마 해 보렴
봄으로 걸어가자꾸나

봄을 둘러 입고

어제 내린 봄비가
메마른 가지에
붓질하더니

언덕 아래
햇살 내려앉은 텃밭
멋쟁이 매실나무

나도 예쁘게 꽃단장해야지
연지 곤지 찍고
어린 날 고왔던 색동저고리 입고
연둣빛 옷고름 달고

분홍치마 둘러 입고 나들이 가야지

조그만 하늘 속에

우두커니 놓인 달밤 항아리
마음 한 구석 비워 놓았다

큰 입을 벌린 채
침묵을 먹고 배가 부르다

눈물이 찾아올 때
내 몸은 텅 빈 항아리

장마 지면 가득 채워지겠지
둥그렇고 조그만 하늘에

나의 고운 구름과 달과 별이
찾아들겠지

봄아이 걸어온다

겨울잠에서
갓 깨어난 아이
기지개 켜며
입 벌리고 하품할 때

봄바람은
산야에
풀과 나무들 잠 깨우고

봄비는
파란 물감으로 내려와
잠자는 내 얼굴을 매만진다

해마다
내 가슴에
살며시 숨어드는
당신의 향기

봄을 끌고
아장아장 걸어올 때면

나는 어린 아이가 된다

아궁이 속에 지핀 사랑

장작 타는 냄새
달빛 버물러
가슴이 따뜻하다

탁탁 타닥탁
동굴 속으로 빨려 들어가는 불길
성난 황소처럼 뿔을 들이민다

방고래 향해
기세 등등 타 들어가는 흰 연기

온 동네 감싸안고 하늘로 피어오르고

반들반들 빛나는 솥단지
풍겨 나는 밥내음
구수한 누룽지

엄마의 그리운 냄새
고샅 밖으로 퍼져 나간다

난을 치다

흐린 하늘이
무겁게 느껴지는 날

마음을 여니
푸른 난잎
바람을 휘젓는다

괴석 틈에 난을 세우고
산길 하나 그려 놓고

홀로
그 길을 걸으며
사색에 잠긴다

고요하다

하얀 화선지에
내려놓은 내 마음

일출

오늘은
누구의 생일이지

진통과 환희

이 몸
태어났을 때도
이랬을 거야

솟아 오른 기쁨

두근 두근

뛰는 가슴

하늘이 열리고
태양이
솟아오른다
불꽃으로 피어난다

새해를 맞으며

닳고 헤진
옷 벗어버리고
새 옷 갈아입으려 하니
시원섭섭하다

12폭 긴 치마
둘러 입고
거울 앞에 서서
화장을 고친다

설렌다
임을 만나
뜨겁게
사랑해야지

새로이 샘솟는
그리움으로

너의 손 꼭 잡고
너와 동행할 거야

제 4 부
빈 집에 보내는 가을편지

묵뫼/ 빨랫줄과 바지랑대
길 잃은 단추/ 부부/ 돌탑/ 바람의 색깔
땅/ 빈 집에 보내는 가을편지
이 가을에/ 알밤 아기
산딸나무

묵뫼

공동묘지 한 모퉁이
엉클어진 가시덤불

찾는 이 없는 묘

자연으로 돌아가
숲이 되었네요

바람이 스쳐 지난 자리에
봄을 깨우는 쑥국새
진달래꽃 피우려나

마른 칡덩굴 속에
연분홍 꽃망울 외롭네요

빨랫줄과 바지랑대

시골 외딴집 마당
빨랫줄에 그리움 하나

길게 목 뺀 바지랑대

허공에 나부끼는
빛바랜 둥지게

외다리로 버티고 서서
누구를 기다리는가

길 잃은 단추

비좁은 전철 안

바닥에 떨어진 단추

네 개의 눈이 주인을 찾고 있다

밟고 지나가는 사람들

네 주인은 어디 있지

부부

자라 온 텃밭은 다르지만
어쩌다 마주쳐
눈이 맞어 결혼하고 살다 보니

이제는 미워도
떨어져서는 살 수 없는
소문난 연리지

밥 먹을 때도
잠 잘 때도
싸울 때도
사랑을 할 때도 지겹게 붙어 산다

그래서 이생 끝나는 날
손 꼭 잡고 하늘로 날아가기로 했다
우리는 연리 비익조 부부

돌탑

마음이 흔들릴 때면
개천에 나가 돌탑을 쌓아 올린다

바람에 흔들려
무너져도 또 쌓고 쌓아 올린다

이 길 오가며
우리 어머님도 돌탑을 쌓아 올렸지

돌 하나 올리고
두 손 모아 기도한다
또 올리고 그 위에 또 올리고
소망을 쌓아 간다

정성으로
쌓아 올린 돌탑
내 마음 아는지
바람도 비켜가네

바람의 색깔

어디서 와서
어디로 가는지
그냥 울긋불긋 걷고 있다

알 수 없는 존재
잠시 스쳐갔을 뿐인데
악보 한 장 걸어 놓고 갔네요

보이는 모습 없지만
보여주고 싶은 색깔 있어
기타를 치고 있는가

별들의 반짝임에도
꽃들의 몸짓에도 색깔이 있어 설레는데

숨기고 있는 너의 색깔은 무엇인가요

땅

땅땅거릴 만하다
모든 것 다 내주고 하늘을 품어 안으니

니것 내것
땅 따먹기해 봐야
다 부질없는 일
생과 사가 그 안에 있어요

빈 집에 보내는 가을편지

소식을 묻는다
닫혀진 창문
아침 바람은 다녀갔을까
기둥에 기대선 손때 묻은 지팡이
눈 빠져라 아버지 기다리고 있겠지

우물가 마른 두레박
토방에 빛바랜 검정 고무신
텅 빈 장독대는
어머니를 기다리고 있을까

서리 맞은 국화꽃
뒤란
감잎은 밤마다 혼자 지고 있겠지

적막 감도는
수취인 없는 빈 집
빨간 우체통에 이 편지 넣어 주오

이 가을에

노을이 물들어 오는 카페
여름으로 가득 찬 가슴 비우고
친구들 불러 모아 차 한 잔 하고 싶다

수다를 떨어가며
창가에 기대어 앉아 가을을 마시자

무덥던 여름
가을바람으로 헹구어 내고
국화향 가득한 차 한 잔 들고 싶다

옛 친구들 어디 있을까

이 가을날…

알밤 아기

가을 햇살에 만삭 산모
몸을 풀고 있다

툭 툭 툭
햇살 먹은 밤알 쏟아진다

가시 속에
감싸안은 아기야
어서 나와라

에미야 힘들지

토실 토실
잘 생긴
똘똘한 녀석들

산딸나무

시집 온 지 몇 해 되었던가
그동안 고생 많았다

하얀 나비 사뿐히 내려앉아
기도하는 모습
밤이면 환상이었다

청순하고 성스러워
너를 대할 때마다 나도 기도했단다

참회하고
감사하고
발원하고
회향하는 날갯짓

나의 뜨락은 아름다웠지

미끈한 피부
나비 닮은 꽃은 우리집 자랑
가을에 빨간 열매로 오면
산새 들새 불러 모아 잔치하자꾸나

제 5 부
말발두리

가을/ 공원길에 멈춰 서서
고향 빈 집/ 서산에 해는 지는데
캠프파이어/ 멍석 위에 여름밤/ 내린천에 서서
양심/ 말발두리/ 매미의 울음소리
수취인 없는 편지/ 나는 바람이다

가을

손톱 끝에 그믐달

빨갛게 물들어 가는 풋감

산그림자는 지는데

나는 무슨 색깔로 물들지

공원길에 멈춰 서서

낙엽이
길을 가다
공원길에 멈춰 서서

뜨겁게
입을 맞추고 있는
연인들을 바라본다

"좋은 때다"

내게도
저런 때가 있었던가

푸르게
내주었던
젊음이 있었지

낙엽이
길을 가다
공원길에 멈춰 서서

고향 빈 집

굳게 닫힌 창문
마당에 빈 빨랫줄
오수 즐기고 있는 고추잠자리
추억 싣고 여행 떠나자 하네

달빛 가득한 밤
귀뚜리 울음소리
돌담 옆 달맞이꽃

나물 바구니 들고
뛰어 안긴 아버지 품안
"우리 딱새야" 쓰다듬는 따스한 손길

주인 없는 뜨락
뒤로 하고
돌아서는 눈물
사립문 여닫는 소리 돌담길을 따라오네

서산에 해는 지는데

산그림자
뒷짐 지고 내려오셨다

고향집 마당
마루에 앉아
외로움을 달랜다

길게 목 뺀 바지랑대 빨랫줄
그네 타고 있는 등지게

그리움에 쌓인 새 한 마리

해는 서산에 지는데
굴 따러 간 어머니 언제 오시려나

*등지게 : 남도지방 사투리, 적삼

캠프파이어

숲으로 오라

젊음아 불을 지펴라

청춘을 불사르자

7월의 숲은 젊음의 오케스트라

마음껏
노래하고
춤추고
젊음을 불사르자

멍석 위에 여름밤

마당에 멍석 펴놓으니
개똥벌레 기웃거리고
별들이 내려와 함께 앉는다

나는 삼베 적삼에 부채 들고
남편은 우물에서 막 꺼내온 수박을 자른다

쩍 벌어지는 맛있는 소리
당신 한 쪽 나 한 쪽
별들에게도 한 쪽

오손도손
둘러앉은
멍석 위에 여름밤

내린천에 서서

마음은 고향에 가 있는데
몸은 말을 듣지 않는다

희망의 눈빛으로
절벽 위를 쳐다본다

폭포를 거슬러 오르는 연어
오르다 실패하고
또 실패를 거듭해도 포기를 모르고

고향 찾아가고 있는 연어
숙명의 몸부림

목숨 걸고 고향으로
다시 돌아온 까닭은
어머니의 그리움 때문이었다

내린천에 서서
내 삶을 되돌아본다

양심

누구나 가슴 속에
회초리 하나 숨기고 있지

흔들리지 말라
똑바로 걸어가라
비겁하지 말고 당당하라

회초리는
나를 지켜주는 양심

갈지자 걷지 말고
바르게 걸어가자

회초리는 나의 양심

말발두리

말발도리하면
백마(白馬)와 발(足)이 둘이서
뛰어다니는 모습이 떠올라
나는 '말발두리' 라 부른다

오뉴월에 산골짜기
돌 틈에서 핀 흰 꽃
향기가 좋아 벌 나비에게 인기가 많은

말이 발을 가지고 뛰어 다니는지
발이 말을 가지고 뛰어 다니는지

그런 건 잘 모르지만
말이 발의 고마움을 알고 있어서
더군다나 말은 서서 잠을 자니
그 발의 희생에 빚을 많이 져서

인정 없는 속세를 떠나
깊은 산속 바위틈에 숨어들어
상처를 어루만지며
서로 사랑을 하고 있는 것이다

나는 이 나이 되도록 부끄럽게도
아직 한 번도 나의 발에 대하여
미안하거나 연민을
느껴본 적이 없어 가슴 아프다

얼마나 많은
희생을 강요해 왔던가
말발두리 그 사랑 닮고 싶다

매미의 울음소리

숲 사이 작은 생명
그 울음소리

밤도 잊은 채 삼복을 지우려 하는가
열대야를 밀어내며 가을을 심으려 하는가

칠년을 하루같이 다듬어온 고운 목청
뜻하는 소망 이루기 바란다

애끓는 절규
자지러지는 울음소리
큰소리로 울어야만
짝을 찾을 수 있다고 했지

더 크게 울어라
혼신을 다해 울어라
너의 공연이 끝나면
가을 풀벌레가 뒤를 이을 게다

너는 떠나고
가을이 내게로 올 것이다

수취인 없는 편지

바닷가 모래밭에
외로운 물새 한 마리

종 종 종
걸어다니며
편지를 쓰고 있다

밀물 달려와서
지우고 지워 버려도
아랑곳하지 않고
쓰고 또 쓰고 있다

아마도 이곳 백사장에는
수신자가 없는가 보다

나는 바람이다

초록 호흡
큰 짐승
들판에 서서

심장 여는 소리
지평선을 달려오는 봄
지구가 숨을 쉰다
새싹이 돋는다

초록이 흐르는 소리

나의 존재는?

풀잎
아니야
쓰르라기
그것도 아니야

나는 바람이다

제 6 부
벌목

나의 시계는 몇시인가

점과 점을
이으면 선이 되고

초침이
달려가면 세월이 된다

째각
째각
째각

나이 먹는 소리

나의 시계는
지금 몇시인가

어부의 아내

새벽을 연 뱃고동 소리
바다가 열린다

고기잡이 배 따라갔던 갈매기
무슨 소식 전해 올려나

눈과 귀는 바다에 가 있고
손은 건성으로 그물을 꿰맨다

저 먼 바다에 점 하나
갈매기 울음소리 점점 커지고
부두에 들어오는 고깃배

환하게 웃고 있는
구릿빛 남편 얼굴

돌단풍

바위 닮은 알뿌리
돌짬 비집고
밀어 올린 연둣빛 새 희망

고난의 생명
속 깊은 울음
뽀끔이 내민 얼굴

하얀 눈망울 언제
팝콘 톡톡 터트릴려나

바위의 눈과 귀가 되어
속삭이는 사랑 노래

더도 말고 덜도 말고
바위와 한 몸 되어

봄엔 꽃으로
가을엔 단풍으로
겨울엔 바위로
멋스런 자태 뽐내며 살자꾸나

우물가 바위틈에
돌단풍

기다림

소나기
연잎 밟고
지나가는 소리

울타리
위를 기어가는 호박덩굴

고개 든
해바라기
햇볕에 그을린 검은 얼굴

장독대 옆
봉선화 어린 손

모두다
비를 맞으며
임을 기다리고 있습니다

나도
우산 속에서
당신을 기다리고 있습니다

방랑자의 달

지하철 광장에서
잠자리를 찾고 있다

밤의 그늘에 웅크린 채
찾아갈 둥지 잃어버린 사람들

가족과 꿈은 어디에 두었는가
산산이 무너지는
가장의 긴 한숨

굶주림 앞에 무너진다
급식소 대열에 순서를 기다린다

그들은 알기나 할까
초승달
구름 속에서 기다리고 있다는 것을

물새 한 마리

바람이
파도를 밀고 있다

두근 두근 가슴이 뛴다

쑥스러웠던 그 시절 추억
잊혀진 줄 알았더니

내 가슴 속에
한 페이지
잠들어 있었다

그 사연 꺼내들고
석양의 해변을
걷고 있는 여인

몽돌 밭에
부서지는 하얀 추억

이렇게 바람 부는 날이면
해변을 걷고 싶은

물새 한 마리

단발머리 소녀

영혼의 감성이
숨 쉬고 있는 추억들
두근두근 떨리어 온다

들판을 걸을 때는
한 송이 들국화가 되고

해변을 거닐 때면
갈매기가 된다

꽃 피거라
파도야 춤추거라

단발머리 휘날리며
골목길 누비던 수줍은 그 소녀

여고시절
그 추억 속으로
자꾸만 끌려들어가네

친구들아
지금은 그 어디서
어떤 모습으로 살아가고 있니

헌책방

세월이 내려앉은
헌책방 좁은 가게
오래된 종이 냄새

찾는 이 없어
외로움에 찌든 책들
한숨을 내쉰다

나 여기 있소
여기요 저기요 인사한다

내가 찾는 책은 없다
구할 수도 없다

미안하다 얘들아
기다려야 해
너희들 입양해 갈
새 주인이 올 거야

내 몸에 서린
헌책방 냄새
청계천 거리를 따라다닌다

벌목

밑둥만 남은 허공
땅속 깊이 박힌
뿌리의 긴 슬픔

베인 밑둥은 깊은 고뇌에 들었다
화살의 과녁
나이테만 동그랗게 남기고
피안으로 갔다

숲속 짐승들 말이 없고
소쩍새 운다

사라지지 않는 톱질 소리
귀는 왜 그냥 두고 가는가

층층이 꽃

빨주노초파남은
봄 여름 친구들께 다 내주고
가을 햇살에
보라색으로 피는 꽃
벌 나비 모여들어 춤을 추며 놀고 있네

층층이 방마다
친구들 다 불러 모아 놓고
사랑을 해 보지만

무엇이 부족한지

씨를 맺지 못하는 슬픈 꽃
다년생 보랏빛 층층이 꽃

농부의 아내

가을이
뚝뚝 떨어지는 파란 하늘
갈잎 긁어모아
모닥불을 놓고 있다

하얀 마음
하늘을 날려 보내는 아낙

땀에 젖은 여름

마른 고춧대 옥수숫대
서리 맞은 오이덩굴

타오르는 연기

너희들 어디로 가는 거지?
나 홀로 두고 가야 하느냐

가을을 태우고 있는 농부의 아내

제 7 부
찔레꽃 바람

조난신고/ 옷/ 연꽃
나 좀 봐 주세요/ 설레는 마음
어머니/ 스마트폰/ 찔레꽃 바람
나 눈떴다/ 나의 시계
화살

조난신고

새벽녘 잎새 위에 쬐그만 아이들
별들이 내려왔구나

어제 저녁 우주에서
무슨 일 있었느냐

태풍이 있었더냐

그 많은 아이들은
어떻게 되고
너희들만 살아 있느냐

조난신고는 했느냐

햇살 오기 전에
어서 구출해야 하는데

옷

나는 궁녀

오늘도 간택을 기다린다

철따라
변덕스러운
너를 바라보는

나는
그믐밤 궁녀

연꽃

연잎에 이슬

내 마음엔 당신

어떻게 해야

하나 될까

당신과 나의 인연

나 좀 봐 주세요

언 땅 뚫고 나온 냉이

쪼그만한 것이 남새밭 모퉁이에서

"나 좀 봐 주세요" 소리 지른다

햇살이 등을 다독이는 날
논둑 밭둑에 여기저기서 아우성이다

숨겨놓은
하얀 다리
임에게 보여 드리고 싶어

겨울을 털고
일어섰어요

나 좀 봐 주세요

설레는 마음

숨겨놓은 마음
톡 터져

두근두근 들키고 말았네

봄빛 거절 못해
내민 손
누가 잡아 주나

임아

왜 이리 설레지

아 그것이 사랑이었네

어머니

어머니는

눈물입니다

어머니

그 이름은

그냥
눈물이 아니라

하얀 눈물입니다

스마트폰

나의 창고
하늘보다 넓은
너에게 무엇을 담지

보물들로
가득한 나의 창고
필요할 때 꺼내 써야지

꺼내 써야
내 것인 걸
사랑한다 내 연인아

너를 너무
사랑해서
눈이 멀까 걱정 된다

찔레꽃 바람

깊은 산골
향 뿌려 놓고
누구를 기다리고 있는가

딱히 올 사람은 없지만
찔레꽃 송이송이
흔들고 있는 바람

삐꾸기도
허전해서 삐꾹 삐꾹

기다리면
오실 거라고 삐국 삐국

흩날리는
찔레꽃 바람
당신을 기다리고 있습니다

나 눈떴다

세상에서
가장 무서운 감시 카메라
미투라 말하지 않아도
너는 진실을 알고 있다

살아 있는 옹달샘
이보다 깊은 호수가 있을까
이보다 넓은 하늘이 있을까

눈물이 모여서
호수가 되었다
나는 그것을 이제야 알았다

별들이 모여서
하늘이 되었다
나는 그것을 이제야 알았다

나 눈 떴다

나의 시계

추억을 짊어지고 가는 소리
눈부시고 좋았던 그 시절로
되돌아갈 순 없지만

다시 돌아오지 않는
가슴 속 깊이
묻어둔 소중한 흔적들

나를 기분 좋게 했던 일들 꺼내서 보니
아직도 째각째각 빛이 난다

나의 시계는
추억을 먹고 산다
째각째각 앞으로만 간다

화살

사랑이 클수록
미움도 커지는가

텅 빈 마음 궁터에 걸어 놓고
활시위 당겨 과녁을 뚫고 싶다

조준하고 당기고
끝없이 반복해 보지만
허공을 날고 있는 화살

허공이 소리친다

날려버린 화살 어디서 찾을까
가장 먼 목표물은 언제나 내 안에 있다

화살을 맞아도 보고 쏘아도 본 사람은
중심에서 점점 더 멀어지는
나이테를 품고 산다

관통하기엔 화살이 약하다
사랑을 조금 보태면 될까

제8부
몸짓

나는 바람

언덕에 서서
당신을 불러 봅니다

바람이 되어 찾아갔지만
장벽이 있어 들어갈 수 없어요

유리창에 흐르는 눈물은
그대 두고 떠날 수 없는 까닭입니다

내가 떠날 수 있도록
눈물을 닦아 주오

나는 바람
당신 곁을 지키는 바람

아침이슬

별에서 내려온 전령이여
어서 소식을 전해 보라

나의 별은 잘 있더냐

해동팔경 구경하고
대관령 너머 쉬었다가 가거들랑
내 소식 꼭 전해 주렴

호박꽃 피는 그믐날 저녁에
정문골에서 만나자고

아직도 기다리고 있다고

나물 뜯는 산촌 아낙

봄날
정금산에 올라
산나물 뜯다가

뒤돌아보니
친구는 보이지 않고
뻐꾹새만 울고 있네

메아리도
사라진 빈 자리에
파고든 적막

허리 펴고
주위를 살피는데
눈 앞에 반기는 취나물

친구야
뻐꾹새야 어서 오너라
취밭은 이곳에 두고 어디 갔느냐

걸망에 한가득 석양을 짊어지니
발걸음 배가 고프구나

다시 태어나도 바람꽃

일출도 아름다웠지만
지는 노을도 아름다워야지

우리 걸어오는 인생길
뒤돌아보니

흘린 땀방울
짭짤하고 향기롭다

둘이서 손잡고
걸어가야 할 황혼길

욕심 없는 바람꽃

그냥 행복하게 걸어가자

사랑한다

바람꽃

다시 피어나도 바람꽃

물안개

어디선가 풍경소리
들리는 듯하여

창문 열고 바라보니
호수 위에 짙게 깔려 있는 물안개

누군가
걸어오고 있는 발소리

행여 내 임이 아닌가
기다리는데

동산에
햇살 드리우고
바람 일렁이니

풍경소리 발소리
나를 속였네

물 안 개

물 안 개

그리운 내 임아

그리운 임아

낫달로
떠 있는 나그네

사라진
메아리를 찾아
노을 속을 서성이는구나

잡힐 듯
잡히지 않는
서러운
무지갯빛 꿈이여

나는
그대 앞에
영원한 나그네

꿈이여

그리운 임아

우리 같이 가자꾸나

한 해를 보내며

치맛자락
끝을 붙잡고
발버둥치고 있는
세상 내면의 소리

한 해를 매듭짓고
역사 속으로 흘러 보내려 한다

열두 폭 치마폭에
그려놓은 이야기들
거울삼아
밝아오는 새해를 열어가자

미운 정
고운 정
주렁주렁 열렸는데

고맙다
사랑한다

아쉬운 이별

겨울바다

갈등과 번민에 휩싸일 때
무작정 달려간 겨울바다

마음을 비우고
새롭게 시작하게 하는 너

부서지는 파도 속에서
삶의 의미를 깨워주는 너

바위섬 드러나듯
미움이 드러나도
바위섬 사라지듯
미움이 사라질 때까지

나는 너를 못 잊어
겨울바다에 서서
하얗게 부서지고 있다

몸짓

뜨락에
라일락은
바람에 흔들흔들
상수리는
큰 팔 벌려
하늘을 품어 안고
양귀비
빨간 입술
누구를 기다리는가

겨우내
땅속에서
용을 쓰고 있다가
춘정을
못 이기고
터뜨린 비릿한 교태
벌과 나비
앞 다투어
사랑을 구걸하는 몸짓

추억으로 가는 당신

그 추억을
머리에 두면 어떨까
눈물이 차오르는데

그 추억을
가슴에 두면 어떨까
마음이 아리는데

그 추억
하늘에 두면 어떨까
별들이 울고 있는데

추억으로
가는 당신
나는 지울 수가 없습니다

나팔꽃

뒤질세라
시샘하여
꼭두새벽에 피는 꽃

모두가 잠들어 있을 때
기상나팔 불고 있는 너

일찍 깬 새가
모이를 주워 먹지 않던가

나팔꽃이
세상을 깨우는 까닭입니다

여보게
동이 트기 전에
어서 일어나시게

새들이
지저귀고 있네

제 9 부
반시

내가 가는 길이 길이다

한적한 오솔길을 걸어 보았는가
메마른 가지에 푸른 꿈이
움트던 지난날들

여름 불볕도
가슴으로 끌어안고
땀내 나는 삶을 구워
익어가는 가을

그 열매를 찾아

흙을 밟으며
바람을 안고
가시밭길을 걸어간다

길이 없는 곳이라도
내가 가면 길이다

당신은 지금 어디에 계십니까

그대는
누군가를 보고 싶어서
잠 못 이룬 적이 있습니까

눈을 뜨면
하얗게 지워지고
눈을 감으면 떠오르고
금방이라도
나타날 것만 같은 눈이 큰 사슴 한 마리

그 얼굴

별이 되어
지새운 나날들

그대는 아는가
기다리는 마음에 타는 불꽃

허공에 불러봅니다
당신은 지금 어디에 계십니까

반시

6월의 풋처녀
하늬바람에
달그락 달그락
달거리하더니

옹기종기
모여 앉은 풋감

어느새
여름밤 너머로
까불어대며
화장을 하기 시작했네

성숙한 그 얼굴
감잎에 숨어
보일 듯 말 듯
홍조 띤 그 얼굴

시집은
어디로 가려나

*반시: 반쯤 홍시가 된 감

눈송이가 되어

눈이 온종일 내리고 있다

너의 품안에
파묻히고 싶다

너의 사랑에
녹아내리고 싶다

하얀 눈송이가 되어

버들강아지

시린 발목
안쓰러워
하룻밤 새 쑥 자란 너

얼음 녹은 개천에
재잘거리는 강아지

눈 떴다

서리꽃 쓰고
버들버들 피리를 분다

너 피리 소리에
까불고 있는 아지랑이

길 위의 내 모습

봄날
담장 밑에
수줍은 제비꽃

여름날
바지랑대에
손을 내민 나팔꽃

가을날
언덕 위에
빛 고운 구절초

겨울날
비탈에 선
외로운 자작나무

그 얼굴
길 위에 선 내 모습

봄비와 가을비

봄비는 사랑
나는 당신을
기다리는 꽃 한 송이

그대 손
꼭 잡고 놓지 않으리

가을비는 이별
나는 당신을 보내는 헐벗는 나무

이별이
서러워서 울고 있습니다

봄비는 사랑
가을비는 이별

느티나무

꽃 한 송이 놓고 싶어서
그리움에 지친 내 마음에
미움 한줌 놓고 싶어서
우리가 만나곤 했던
공원 벤치를 찾아갔네

벤치는 간 곳 없고
그 자리에 우뚝 서 있는 느티나무

너에게 기대 본다

듬직한 어깨 넓은 가슴
미움 한줌 걸어 놓고
기대 선 느티나무

꼭 가야만 되니

숲속에 앉아
단풍잎 하나 주워 들고
이 생각 저 생각에 잠겨본다

어느 틈새로 들어왔을까
들어오는 문도 나가는 문도 없는데
내 가슴에 머물다 가는

낙엽에 떨어진 아침 이슬
빨간 물방울이 되었네

빨간 이파리 물들여 놓고
약속이라도 한 듯
네 몫 다하고 떠난 너

꼭 가야만 되니?

멈춤과 움직임 사이

가던 길을 멈추게 한다
돌담 귀퉁이에 숨어 핀 보라색 제비꽃
여럿이 함께 손잡고 기어오르는 담쟁이
나를 멈추게 한다

피부 재생과 탄력
고민 해결해 준다는
광고가 발을 멈추게 한다

까맣게 탄 얼굴로 벼 이삭 줍고 있는
등 굽은 할머니
성당 입구에서 반갑게 맞이해 주는 성모상
고목에 핀 꽃 한 송이

멈춰 선 내 발길을 다시 움직이게 한다

그대가 아름다운 것은

그대가
아름다운 것은
당신은 내게 있어
해바라기 꽃이기 때문입니다

그대가
아름다운 것은
당신의 눈동자가
아침 이슬보다 아름답기 때문입니다

그대가
아름다운 것은
당신의 마음이 하늘보다 더 넓기 때문입니다

그대가
아름다운 것은
그대의 향기가
내 마음 깊이 스며들었기 때문입니다

그대가
아름다운 것은
진정코 내가 그대를
사랑하기 때문입니다

| 시집 해설 |

한 생애의 다양한 스펙트럼

정 성 수(丁成秀)
(한국문인협회 부이사장)

이신경의 시집 『물빛 꿰매기』는 시인이 거쳐 온 한 생애의 스펙트럼을 다양하게 풀어낸 아름다운 판타지아의 세계이다. 다시 말하자면 이신경 시인이 홀로 간직하고 있는 특별한 시적 서정의 파노라마이다.

그것은 저물지 않는 추억의 환생으로서 때로 어린 시절의 옛집으로 변용되기도 하고, 어머니에 대한 사모곡이 되기도 하고 자아성찰의 변형으로 되살아나기도 한다.

그런가 하면 때로 동화적 상상의 세계로 변형되기도 하고 사물들의 숨은 그림자 찾기, 혹은 깨달음의 춤으로 승화되기도 한다. 그가 펼치는 이러한 여러 가지 은유의 세계는 때로 개성적이고 환상적이다. 지나친 난해성이나 불필요한 요설에 따른 거부감 없이 독자의 영혼 속으로 스며드는 그의 시는 이신경 시인 특유의 호소력과 설득력을 적절히 거느리고 있다.

다음 시를 살펴보자.

산모퉁이 외딴집에
작은 가을이 찾아왔다

산벚나무 이파리 연못에 맴돌고
언덕 너머 빨간 우체통은
배달부 자전거만 기다리는데
햇살 한줌 뿌려 놓은 멍석에는
구름이 그림자를 그린다

영근 조롱박이 초가지붕 위에 앉아 폼을 잡고
삶의 때가 반질반질 빛난 장독대
댓돌 위 가지런한 고무신 한 켤레
전혀 외롭지 않는

울도 담도 대문도 없는 우리집

별들이 내려와 정담을 나누고 있다
불 켜지 않아도 마음이 편안한
고개 너머 외딴집

–「고개 너머 외딴집」 전문

산자락 외딴집에 드리워진 평화로운 가을 정경을 한 폭의 고전적 풍경화처럼 펼쳐놓았다. 1연에서는 '산모퉁이 외딴집에 작은 가을이 찾아왔다' 라고 산골의 계절적 배경, 즉 시의 공간과 시간적 배경을 설정해 놓았다.

2연에서는 '산벚나무 이파리 연못에 맴돌고/ 언덕 너머 빨간 우체통은/ 배달부 자전거만 기다리는데/ 햇살 한 줌 뿌려놓은 멍석에는/ 구름이 그림자를 그린다' 라고 연못과 우체통, 멍석을 등장시켜 가을날의 고즈넉한 서정을 노래한다.

3연~5연에서는 '초가지붕 위에 앉' 아 있는 잘 '영근 조롱박', '삶의 때가 반질반질 빛나는 장독대', '댓돌 위에 가지런한 고무신 한 켤레' 가 '전혀 외롭지 않은' '울타리' 도 없고 '담' 장도 없고 '대문' 도 없는 '우리 집', '별들이 내려와 정담을 나누고' 밤에 '불 켜지 않아도 마음이 편안한/ 고개 너머 외딴집' 을 펼쳐놓는다. 시적 표현이 지나친 과장이나 제스처 없이 독백처럼 자연스럽고 편안하다.

다음 시를 살펴보자.

산비탈에 나무 한 그루 서 있다

황혼이 내려앉은 들녘에
길게 늘어진 그림자가 나를 따라다닌다

혹시나 가슴 뛰는 일이 있을까
두리번 두리번 해 보지만
얄미운 주름살만 거미줄을 친다

석양을 바라본다

남은 시간이
짧다는 걸 알기에

감사의 기도를 드린다

바람에 쓰러지지 않고
지금까지 잘 견디어 온

비탈에 선 나무

-「비탈에 선 나무」 전문

'비탈에 선 나무'는 말하자면 어느덧 인생의 석양 아래 서있는 화자와 동일성(아이덴디티)의 선상에 놓여있는 존재이다. 그것은 그러니까 화자에 대한 비유이자 상징이다. 석양 속의 '나무'가 평지 아닌 '비탈'에 서있으니 어찌 보면 위험하고 위태로운 상황이 아닐 수 없다.

'혹시나 가슴 뛰는 일이 있을까/ 두리번두리번해 보지만 / 얄미운 주름살만 거미줄을 친다'에서 보여주듯 화자의 마음은 아직도 싱싱한 청춘이라서 놀랍고 감동적인 일을 찾아보기 위해 애쓰지만 그러한 푸른 의지와 관계없이 속절없이 '주름살'만 늘어난다.

화자는 다시 '석양을 바라본다'. 그 순간 화자는 이승에서 자신의 '남은 시간이/ 짧다는 걸 알기에' 신에게 자신이 살아온 생에 대한 '감사의 기도를 드린다'. 지난날들을 돌이켜보면 현재의 화자는 사나운 '바람에 쓰러지지 않고/ 지금까지 잘 견디어 온// 비탈에 선 나무'이다.

화자 자신에 대한 자아성찰이자 여러 가지 시련을 잘 견디어내고 살아온 자신에 대한 신뢰와 경의이자 신에 대한 감사의 메시지이다.

다음 시를 살펴보자.

소슬한 찬바람이
산 그림자 밀고 내려와
호수 위에 치마끈을 풀고 있습니다

물안개,
물안개는 흩어지고
서녘의 햇살 물결에 부서져
비단길을 만들고 있습니다

무명치마 둘러 입고
화전밭 일구시던 우리 어머니
그 매운 삶 어찌 잊고 저 길을 걸어가셨을까

스멀스멀 피어오릅니다

부모 은공
못다 한 불효여식

호숫가에 앉아
회심가를 놓습니다

한 땀 한 땀 치마폭에
그리운 당신의 모습
물빛으로 꿰매고 있습니다

– 「물빛 꿰매기」 전문

첫 연, '소슬한 찬바람이/ 산 그림자 밀고 내려와/ 호수 위에 치마끈을 풀고 있습니다' 는 감각적 표현이 살아난 좋은 구절이다. 특히 호수 위에 바람이 내려와 머무는 것을 '찬바람이 호수 위에 치마끈을 풀고 있' 다고 의도적으로 여성적 이미지를 사용한 것은 어머니의 이미지와 오버랩되는 적절한 표현이 아닐 수 없다.

'무명치마 둘러 입고/ 화전밭 일구시던 우리 어머니/ 그 매운 삶 어찌 잊고 저 길을 걸어가셨을까' 에서 '저 길' 은 2연의 '서녘의 햇살 물결에 부서져/ 비단길을 만들고 있습니다' 에서의 '물안개 흩어지고' 난 뒤 '서녘 햇살이 물결에 부딪쳐' 서 생긴 '비단길' 이다. 그것은 말하자면 천국으로 이르는 저승길이다.

이쯤에서 화자의 육성이 터져 나온다. 즉 '부모 은공/ 못다한 불효여식' 이 그것이다. 화자는 '호숫가에 앉아' 후회와 참회의 노래를 부른다. '한 땀 한 땀 치마폭에/ 그리운 당신의 모습/ 물빛으로 꿰매고 있' 다. 황혼 무렵에 호숫가 물결을 바라보며 이미 고인이 된 어머니를 그리워하는 화자의 심경을 특별한 과장 없이 대상과의 수평적 거리를 두고 한 폭의 수채화처럼 펼쳐나간다.

다음 시를 살펴보자.

> 작은 공간을
> 탓하지 않는다
>
> 나만의 자유가 있다

단 한 번이라도
어항 속에서 살고 있다고
생각해 본 적이 없다

나는 우주를 유영하는
별

-「물고기 궁전」 전문

의인화된 물고기(나)는 자신이 살고 있는 어항 속의 '작은 공간을 탓하지 않는다'. 탓하기는커녕 '어항' 을 적어도 '물고기 궁전' 이라고 생각한다. 이만하면 긍정의 축제이다. 그곳에선 '나만의 자유' 가 있기 때문이다. '자유', 두 말할 것도 없이 인간의 존엄성을 지켜주는 대단히 소중한 가치이다.

따라서 화자는 당연히 '단 한 번이라도/ 어항 속에서 살고 있다고/ 생각해 본 적이 없다'. 화자 스스로 '나는 우주를 유영하는// 별' 이라고 단언한다. 이상주의자와 낙천주의자를 겸한 화자의 유쾌한 생의 연주이다.

다음 시를 살펴보자.

어디서 와서
어디로 가는지
그냥 울긋불긋 걷고 있다

알 수 없는 존재
잠시 스쳐갔을 뿐인데

악보 한 장 걸어 놓고 갔네요

보이는 모습 없지만
보여주고 싶은 색깔 있어
기타를 치고 있는가

별들의 반짝임에도
꽃들의 몸짓에도 색깔이 있어 설레는데

숨기고 있는 너의 색깔은 무엇인가요

–「바람의 색깔」 전문

눈에 보이지 않는 '바람의 색깔' 을 생각하고 유추하는 것이 시인의 상상력이자 관찰력. 바람은 '어디서 와서/ 어디로 가는지/ 그냥 울긋불긋 걷고 있다'. 여기서 꽃이나 단풍 곁을 스쳐가는 바람을 '울긋불긋' 이라고 감각적으로 표현한 것은 보이지 않는 바람의 색깔을 적절히 이미지화한 것.

'잠시 스쳐갔을 뿐인데/ 악보 한 장 걸어놓고 가네요' 는 바람소리를 악보에 비유한 것으로서 바람 낯설게 하기, 즉 자연 현상에 대한 아름다운 시적 예술화가 아닐 수 없다.

'보이는 모습 없지만/ 보여주고 싶은 색깔 있어/ 기타를 치고 있는가' 도 색깔과 소리의 2중주, 즉 공감각적 표현. '별들의 반짝임에도/ 꽃들의 몸짓에도 색깔이 있어 설레이는데// 숨기고 있는 너의 색깔은 무엇인가요' 는 화자가 본 바람의 색깔 이상의 바람의 정체성에 대한 의문부호로써 독자의 상상력을 자극한다.

다음 시를 살펴보자.

나는 궁녀

오늘도 간택을 기다린다

철따라
변덕스러운
너를 바라보는

나는
그믐밤 궁녀

-「옷」 전문

의인화된 화자인 '옷' 을 '오늘도' 왕의 '간택을 기다리는 궁녀' 로 표현한 것은 설득력이 있는 적절한 은유이다.

'철 따라/ 변덕스러운/ 너를 바라보는// 나는// 그믐밤 궁녀' 에서 '변덕스러운 너' 와 '그믐밤 궁녀(나)' 를 대비시킨 것도 호소력이 있다. '그믐밤' 이 가리키는 긴 밤의 고독 역시 적절하다. 군더더기 없이 산뜻하다. 시는 길어야 좋은 것이 아니다.

쓸데없이 횡설수설하는 것보다 응축된 이미지와 진술을 짧게 펼쳐 나가는 것이 훨씬 더 시답고 인상적이고 독자에게 오래 기억된다. 좋은 시는 불필요한 군더더기가 없다.

이신경 시인의 이러한 다양한 시적 스펙트럼이 날이 갈수록 더욱 깊고 넓게 펼쳐 나가길 바란다.

이신경 시집
물빛 꿰매기
•
지은이 / 이신경
발행인 / 김영란
발행처 / 한누리미디어
디자인 / 지선숙
•
08303, 서울시 구로구 구로중앙로18길 40, 2층(구로동)
전화 / (02)379-4514, 379-4519
Fax / (02)379-4516
E-mail/hannury2003@hanmail.net
•
신고번호 / 제 25100-2016-000025호
신고연월일 / 2016. 4. 11
등록일 / 1993. 11. 4
•
초판발행일 / 2020년 3월 20일
•

•
값 10,000원
•

•
ISBN 978-89-7969-820-6 03810